山尾三省 詩
山尾春美 文

屋久島だより

無明舎出版

屋久島だより◉目次

（上段が山尾三省の詩・下段は山尾春美の文）

自分の樹

ひとつの課題《テーマ》は
自分の樹木を見つけ出すことだろう
自分の樹木を
自分の守護神として
あるいは　自分の分身として見つけ出すことだろう

森の樹でもいい
神社やお寺の樹でもいい
公園の樹でも　街路樹でもいい
大木でなくてもいい

木はいいなあ

鹿児島に住む海彦のアパートの傍に小さな神社があり、境内に背の高い立派な樟の木が十数本立っている。そのアパートに決めたのは、家賃が安いのはもちろんだが、大木が繁る神社の傍という事も大きな決め手となった。七月半ば久しぶりにそこを訪ね、街中でも大きな木があればこんなにも安

これが自分の木だと呼べる木に
ある時　確かに出会うことで　人はとつぜん豊かになる

南無　浄瑠璃光
樹木の薬師如来
われらの沈み悲しむ心を　癒したまえ

その立ち尽くす青の姿に
われらもまた　静かに
深く立ち尽くすことを　学ばせたまえ　と

詩集「三光島」より

心なものかと思わされてきた。「木はいいなあ、木はいいなあ。」動かず、もの言わず、百年、千年と季節を繰り返し生きている。

島に帰ると緑は濃く深く、家の裏の谷川の岸に立つヤクシマサルスベリの木が空梅雨の空に白い花々を付けて揺れていた。

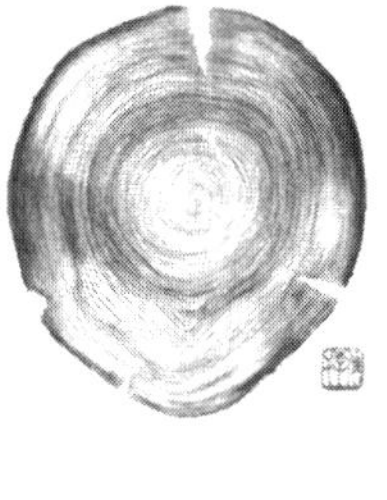

旧盆会

八月　旧盆会
島は人であふれる
一年振りで帰ってくる人　二年振りで帰ってくる人
五年振りで　十年振りで
二十年振りで帰ってきた人達で
島には笑顔があふれる

山々が緑を深め
音高く川は流れ
海は今を盛りと　青緑色に澄み輝く
ふだんは淋しい年寄達の胸に　喜びの涙が流れる

山の墓へ

お盆が来て、閑と一緒に山の墓へ行った。墓への道は草が繁っていた。閑に鎌を持たせると「鎌の使い方、へたくそなんだ。」と言う。そういえば、中学生になってから畑仕事の手伝いをほとんどしていない。鎌を使わせてこなかった自分が情けない気がしたが仕方がない。草を刈らせながら登っ

やがて墓所へと通じる
喜びと安堵の水が流れる
永遠の一時に　人という実りがやさしくはじける

さようなら
さようなら
その時が待っているがゆえに
いのちを燃やせ
八月旧盆会の　海山のいのち　燃やせ

詩集「新月」より

ていくと、墓は蝉時雨の中だった。谷川の水で「不可思議光佛」と刻まれた墓を洗い、花と団子を供え、線香を焚き、手を合わせると、蝉の鳴き声が一段と激しくなった。海は見えなかった。「さぁ、お父さんを連れて帰ろう。」と言うと「うん。」と閑は頷いた。

山呼び

山に向かい　山を呼ぶ
なんだかすっかりぼろぼろになってしまった体に
山よ
もう一度　魂を　もどしてくださいと
山を呼ぶ

立春の青黒い山は
なにもこたえてはくれないが
それでもかすかに　震動するものがある
かすかなる　千年静座の
震動のごときものがある

ゲンノショーコ

晴天が続いているのに何もできないでいる。あるできごとをきっかけに、ふと「疲れたな」と呟いてからどうもその「疲れたな」が、体をすっぽり覆ってしまったようだ……。

……家の前でゲンノショーコの花を見つけた。愛らしい小さな紅い花に「私は大丈夫でしょうか。元気を

山に向かい　山を呼ぶ
こんなにぼろぼろになってしまった体に
山よ
もう一度　力強い魂をもどしてください　と
山を　呼ぶ

※「山呼び」は、死者の魂を呼び戻す民族儀式

詩集「三光鳥」より

ください。」とお願いし、花は手折らず、そのまま胸の中に飾ってみた。きっと、少しずつ少しずつ薬草でもあるゲンノショーコの野の力が効いてくるに違いない。今朝、目覚めて胸の中の花を確めると、まだ元気に咲いている。再度のお願いをして、その日を起き出してみた。

テリハノブドウ

テリハノブドウの実は
青　赤　紫
ここが　※ガラリヤの地

その　ひそやかさ
しずかさ
美しさのうちに

テリハノブドウの
千枚の　緑の葉のうちに

種

幼い頃、父とお風呂に入ると、父は湯気で曇る窓ガラスに濡れた指で啄木《たくぼく》や茂《も》吉《きち》や牧水《ぼくすい》の短歌を書いて教えてくれた。何度も教えてもらって暗唱した歌を、吹雪の夜の薄暗い風呂場の温もりと共に思い出す。父が死んで二十年も経た今頃、父が私の心に蒔いてくれた種が芽を出し、最近、私は

人類の夢もまた　宿っている
テリハノブドウの　実の色は
青　赤　紫
ここが　ガラリヤの地

※ガラリヤはキリスト教の聖地

詩集「親和力」より

その気になって歌を詠み始めた。子ども達が大きくなり、これからは自分の好きなことをやろうと思った時、浮かんできたのが短歌だった。父は自分が蒔いた種が芽を出したことに驚いているだろう。

『湯に曇る風呂場の窓を黒板に父は切なき啄木を書く』

シーカンサ

よく晴れた十二月の午後
山の畑に　シーカンサの実を採りにいった
沖縄のレモン
僕の心の原郷の風象
沖縄のレモン　シーカンサの実を
鎌を片手に採りにいった

枝に五つか六つ
形のよくないのが残っていた
あとは全部猿に食べられていた
五つか六つの

風景

バイク通学の高三のすみれは、志戸子《しとこ》集落を過ぎて、紅葉したハゼ山を見ながら一キロ程の坂を登り切り、一湊《いっそう》集落へと下っていく時に見える空の広がりが好きだと言う。空の広がりと共に右手に東シナ海が開け、そしてふたこぶラクダのような矢筈《やはず》岬が見えてくる。あるアメリカインディアン

形のよくないのを採り集め
樹の下に腰をおろして
中天にある昼の月を眺めた
空は静かで
沖縄のように無言であった
シーカンサの強い香りが　手の中にあった

詩集「新月」より

の首長の「風景は出来事《できごと》だ」という言葉を思い出した。すみれが好きだという風景は島のごくありふれた風景だが、三年間の通学の中で『出来事』として彼女の心に刻まれたのだろう。島を離れ街に住む日が来る。そんなささやかな風景が、彼女を支えてくれるに違いない。

梅月夜

ガラス戸の外は
梅が満開で
空には十一夜の月があった

ガラス戸の内には
カーテンが引かれ
暖かいコタツの中で
生まれて三ヶ月の赤ちゃんが安らかに眠っていた

月は　白雲と遊びながら
この家の屋根を静かに照らし

三本の万年筆

亡くなる一ヶ月前、三省さんは「二十歳になった子ども達へ」という手紙を書いた。大人になることの意味を説き、「お父さんがお前達に残せるものは三本の万年筆だけだ。誰か文章を書くつもりの子がいたら一本ずつあげる。」と書き遺した。万年筆の一本は若い時母親から貰った四十年近く使い続けたモンブラン。もう一

梅の林を照らしていた
ニワトリ達は
ニワトリ小屋で　すっかり並んで眠っていた
少しだけ春になった川が
山羊小屋に山羊がいないことを淋しみつつも
音もたてず
ずっと静かに　流れくだっていた

詩集「新月」より

本は還暦のお祝いに私の母が贈ってよこした新しいモンブラン。もう一本は私達の結婚祝いに友人から貰った名前入りのパーカー。二十歳になった海彦は、無言のままゆっくりと父の手紙を読み、しばらく逡巡していたが、一本の万年筆を手に取った。

いろりを焚いて

いろりを焚いて
とろとろと　ジャムをこしらえる
リンゴジャムを　こしらえる

高松の
原子力発電所を止めさせる集会で
出会った
ひとりのりんご作りが送ってくれた　その大切なりんご
新しい人間の文化を
なをも
なをも夢見つつ

囲炉裏《いろり》を焚いて

　白川山集落の掲示板に「安《やっ》さんを偲ぶ会　七時より道場囲炉裏端にて　一品持ち寄り」と貼り紙がしてあった。安さんは古い住人で山の中の小屋に住んでいたが五年前に亡くなった。道場は住人手作りの一泊三百円の旅人用の小屋（今は閉めている。）つわぶきの煮物を持ち、少し遅れて道場へ

大地は神と　確信を深めつつ
山は神と　確信を深めつつ
リンゴジャムを　こしらえる

いろりを焚いて
とろとろと　ジャムをこしらえる
一九八八年の
リンゴジャムを　こしらえる

詩集「新月」より

行くと、十人ほどが囲炉裏を囲んで賑やかに話の花を咲かせていた。大きなまきがくべられ、落ち着いた火が燃えていた。それはタイムスリップした昔話のような光景だった。でも、私達は昔話ではなく、今こそ静かに火を焚く事を善しとした者達の集まりなのだった。

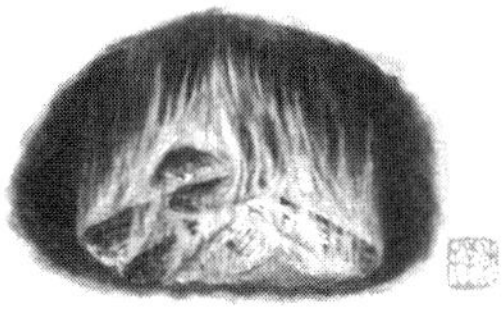

すみれ草

心のありどころが
すみれ草　と止まった今年の春は
毎日　すみれ草を見て暮らした

山の道のすみれ草
野の道のすみれ草
海の道の　海より深いすみれ草

時には
その高さに寝ころんで
花びらが風に触れるのを　いつまでも眺めた

出発《たびだち》

すみれの出発《たびだち》の日が近付いてきている。子どもが家を離れる時は自分の子育てを問われる時である。私の猫の又八《またはち》に対する躾《しつけ》が甘いとすみれは言うが、私の子ども達に対する躾も又八程度にしかできていないと思った。子どもをありのままに受け止める母親の役割は少しはできたと思うが、社会

朝一番には
その花色で　心を洗った

繁栄はいらない
そして　いかなる力もいらない
すみれ草と止まった今年の春は
毎日　すみれ草を見て暮らした

詩集「新月」より

的規範をきちんと伝える父親の役割はできなかった。「私は自分で考えて判断できるから又八ほどじゃない。街でもすみれを咲かせるよ。」とすみれは言う。そうであってほしい。さまざまな事が想われる三月、見上げた空には赤味を帯びた三日月が山の端にかかっていた。

春の雨

森羅万象としての
世界の内に

わたくし達は　生きているのであるが
その森羅万象は
唯一仏心印《ゆいつぶつしんいん》　であると

ただ一つの　仏心の印《あか》しであると
道元禅師はいわれた
深くそのとおりである

蓬《よもぎ》すいとん

若草色の新芽を伸ばした蓬の胸の中までスーとする香りを嗅いでいたら、以前よく作っていた蓬すいとんを思い出した。屋久島へ来たばかりの頃、友達が送ってくれた野草料理の本に載っていた料理だ。まず蓬の新芽を摘んで洗い茹で水に晒し刻む。小麦粉に刻んだ蓬と塩少々それに水を入れ

ひたひたと降りそそぐ　この春の雨
ひたひたと　森羅万象に降りそそぐ
この春の雨は
三十五億年の　生命の意志を
慈《いつく》しんできた
唯一仏心印　にほかならない

詩集「親和力」より

て混ぜ、スプーンで掬って、根菜汁の中に落として食べる。根菜類の冬と蓬の春を一緒に食べるのだが、やはり春の息吹きを感じつつ、蓬の旺盛な生命力を存分にいただく感じだ。——二人暮らしになった春の日のとまどいを、そんなことをしながら紛らわしている。

夏の海

夏の海の色は
緑
深青《ふかあお》
紫
そして母の　藍色
夏の海の色は
白雲
白雲
浜ゆうの花
そして母の　藍色

母

母が弱ってきているから一度顔を見に来いと兄から連絡があった。久しぶりに帰った家の中に、母はこじんまりと坐っていた。足腰が弱り、自分の身の回りのこともきちんとできなくなっている母の傍で三晩眠った。四日目の朝、兄嫁二人に支えられながら、駅のホームまで母は私を見送って

夏の海の色は
海底《うみぞこ》のシャコ貝
ウニ
黒鯛
記憶の中のタツノオトシゴ
そして母の　真実のいのちの
深い藍色

詩集「新月」より

くれた。二十年前「傍にいて！」という母の悲鳴のような心の声を聞きながら屋久島へ移り住んだことを含めて、母の願いとは全くかけ離れた所で私は生きてきた。帰りの電車の窓からは、水の入った田んぼの向こうに、まだ雪をかぶった白く青い山脈《やまなみ》が光っているのが見えた。

石

石は
終りのものである
だから人は　終りになると　石のように黙りこむ
石のように孤独になり
石のように　閉じる

けれども
ぼくが石になったときは
石はむしろ　温かいいのちであった
石ほど温かいものはなかった
あまり温かいので

天柱石

　天柱石は太忠岳の頂上に立っている。高さ四十メートルもある巨岩は、天気が良ければ、麓の安房《あんぼう》の町からでも認めることができる。三省さんはこの岩を観音様だと言って愛していた。末っ子の閑が小学一年生になったお祝いに家族で太忠岳登山をしたのは十年前の七月だった。子ども達と私が

そのままいつまでも　石でありつづけたいほどであった
事実ぼくは　一週間ほどは石であった

石は
終りのものではない
石は　はじまりのものである
石からはじまると
世界はもう崩れることがない

詩集「三光鳥」より

はしゃぎ、三省さんはどこかきつそうだった。もうからだの中に癌が巣喰っていたのだが、その時は気が付かなかった。二度と登ろうという気にならなかった太忠岳だが、真青な夏空に聳え立つとんがり天柱石を、その足元からもう一度仰ぎみたいという気がしてきている。

のうぜんかづら

のうぜんかづらの花は
なかなか咲かない
四月から心待ちにしていて
五月にも　六月になってもまだ咲かない

七月になったら　その朝に
いきなり十も二十も　ぼっと橙色の花を咲かせた
待っていても
その時はやってこないものだ
待つのをやめた時に
その時がいきなり　ぼっとやってくる

白川山の夏

白川山の夏が来た。洗濯物がパリパリ乾き、少量の薪で風呂がすぐ沸く夏。谷川のおかげで涼しい涼しい白川山の夏だ。今年はお盆に次郎君（次男）が子ども達を連れて帰って来て、帰って来るとすぐ海へ行き、大きなシャコ貝を次々に採ってきた。中味を食べた後の貝殻が、潮の香と共に、

それが　待つ　と
いうことなのだなあ

のうぜんかづらの
なによりも艶《あで》やかな　素朴な花が
まるで不思議に　今は
家の入口に　アーチの型で咲いている

詩集「三光鳥」より

床にゴロゴロ並んだ。すみれも帰って来て川で泳ぎ、海彦ももうすぐ帰って来る。この夏を待っていた。毎年毎年、私は夏を待っている。二十年、夏を待ち続けているなと思った時、私が本当に待ち続けているものは何かという問いが、ふと浮かんできた。

六つの智慧

布施　持戒　忍辱《にんにく》　精進　禅定《ぜんじょう》　智慧

布施とは　人の役に立つこと
持戒とは　自分の心の奥の声に　従うこと
忍辱《にんにく》とは　待つこと　耐えること
精進とは　ずっと夢を持ちつづけること
禅定《ぜんじょう》とは　しずかな心
智慧とは　物にも心にも　実態はないと知ること

おはぎ作り

お彼岸が近付いておはぎ作りの心準備が始まった。おはぎは前の奥さんの順子さんの好物ときいて作り始めたが、結婚した当時、私は日々の食事作りさえままならなかったから、おはぎ作りも悪戦苦闘した。ぐちゃぐちゃで水っぽいおはぎを、それでも家族はおいしいと食べてくれた。料理は

布施　持戒　忍辱　精進　禅定　智慧
六つの智慧を　わたしたちは
一生をかけて　生きてゆけば　よいのだ

詩集「親和力」より

喜んでくれる人がいるからできる。おいしいものを食べて機嫌の悪くなる人はいないから、仕事としては最高の仕事だとも思う。今年は食べてくれる家族も少なくなった。「おすそわけ」と差し出したおはぎを嬉しく受け取ってくれる人の笑顔を想いつつ、さぁ、作ろう！

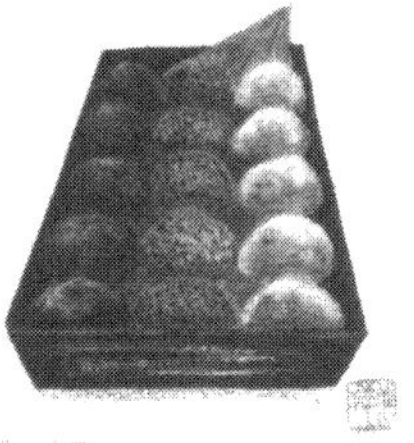

心からなる友達よ

心からなる　友達よ
ここは　妙なる　地球の大地
生命の花　あふれる大地
美しく　川は　流れて
未来永劫　変わらない
ここで　心を　あわせて　いこう
ここで　縄文の　真ことを　聞こう
ここで　未来の　地球を　つくろう

心からなる　友達よ
ここは　聖なる　地球の大地

『ここ』

鹿児島県音楽教育研究大会が屋久島で開催され、オープニングセレモニーで「心からなる友達よ」が歌われた。詩の朗読、屋久島高校吹奏楽部のアンサンブル、そして、小・中学生の力強い合唱が響いた。島内の子ども達の大合唱を三省さんは想像もしなかっただろう。「ここで未来の地球をつくろ

七千年の　祖先の大地
美しく　森は　栄えて
未来永劫　変わらない
ここで　心を　あわせて　いこう
ここで　太古の　光を　学ぼう
ここで　未来の　地球を　つくろう

心からなる　友達よ
ここは　我なる　地球の大地
天をゆるがす　響きの大地
美しく　田畑は　ひろがり
未来永劫　変わらない
ここで　心を　あわせて　いこう
ここで　縄文の　祈りを　生きよう
ここで　未来の　地球を　つくろう

詩集「三光鳥」より

う」の『ここ』は屋久島であり、屋久島でない、日本中の『ここ』であり、世界中の『ここ』という場のことである。未来は常に『ここ』から始まる。そんなことを思いながら、胸の中の涙と共に、子ども達の歌声を聴いた。

樹になる

ぼくは時どき
樹にもなる

たとえば一本の　椎《しい》の樹になる
全身で
ただそこに根を伸ばし
幹となり　枝をひろげているだけの
椎の樹になる

すると
ぼくは　青いよ

クワズイモになる

寂しい気持ちが湧いてきたある日、散歩に出て、ふとクワズイモになってみようと思った。クワズイモは里芋にそっくりだが、根には毒があり、朱い花は少々毒々しい。人に好まれない孤独感が今の自分にぴったりな気がした。目を閉じてクワズイモになってみると、足底の地中からかすかに温

ぼくはみっしり繁る葉だよ
静かに陽が当っているよ
マメヅタやヒトツバやタマシダ

緑の苔　灰色のカビ
それはノキシノブまでいっしょに
ひとつの生態系だ
ぼくは　ただ在る
ただ在る青いひとつの生態系だ

ぼくは時どき
樹になる

詩集「三光鳥」より

かいものが昇ってきた。手を伸ばして葉を広げてみると、お日様が暖かく風も吹いていた。「なーんだ。クワズイモはちっとも寂しくなんかなかったんだ！」そして、私も寂しいは寂しいが、寂しさに囚われることなく、この温かさを感じていけば良いことがわかったのだった。

朴《ほう》の花

山の寺で
朴の木に朴の花が咲いているのを　見た
白い大きな花で
観音様　のようであった

生きることは　いつでも苦しく
実りの日は　いつまでもこない
けれどもそれは　我慢せねばならない
我慢して
求めつづけねばならない

フルーツ寒天

昨年いとこ達と屋久島で数十年ぶりに再会した時すもも入り寒天を出した。その事をきっかけにフルーツ寒天は私が生まれる前に死んだ祖母から伯母達へ、伯母達から母へ、そして私に伝わったことがわかった。

佳志子さんが『SOUL FOOD』だねと言った。もとは黒人の伝統料理という

生きることは　いつでも楽しく
毎日が　楽しみばかり
けれどもそれは　虚偽である
虚偽と知って
沈みつづけるほかはない

山の寺で
朴の木に朴の花が咲いているのを　見た
白い大きな花で
観音様　のようであった

詩集「新月」より

意味のソウルフードという言葉を初めて聞いた。原風景に重なる食物という事だろうか。その途端会ったこともない祖母がぐんと身近になり、祖母がいて父がいて私がいるという実感が深くなり、私のフルーツ寒天がとても大切なものとなった。

白木蓮《はくもくれん》

白木蓮が咲けば
わたくしも　咲く
このふしぎ

このふしぎ
あじわうためにこそ
わたくしは　この世に生まれてきたのだ

雨水の雨

ここ数ヶ月、私に何かと突っかかってくる閑との二人暮らしにほとほと行き詰っていた。ある日、閑が「俺から逃げないで本音を言えよ。」と言った。その途端、一所懸命守っていたものがゴワッと崩れて、背中でゴリゴリしていたものがボワッと溶けて、涙がポロポロこぼれてきた。これまでよ

二月の　こよなく青い空に
白木蓮が咲けば
たしかに
たしかに　わたくしも　咲いている

詩集「親和力」より

くやってきたなあと思ったし、これからはそこで頑張らなくてもいいいと思ったら、何かが雨水の雨のように流れ出した。

　自分の心の奥に真実があり、また更にその奥に真実がある。

　閑がハッとしたように私を見つめていた。アオモジの花が雨に濡れて咲き出している。

土に合掌

ただひとりの時に
土に合掌してみる
土よ　ありがとう
大地よ　ありがとうと　合掌してみる
そういうことをするのは
少々　はずかしいけれど
誰もいないところで

桃の花

　昨年夏に倒れた桃の木に桃の花が七輪ほど咲いているのに気付いたの東日本大震災の翌日だった。希望の灯火のように嬉しく見つめたのも束の間、福島第一原発事故の報道にそれは悲しみと変わっていった。福島は梅桃桜が一斉に咲くので「三春」という美しい地名の町のある所……故郷を奪わ

土に合掌すると
ただそれだけのことで
土が神であり　仏様であることがよく分かる
ただひとりの時に
土に　心から合掌してみる

詩集「親和力」より

れた人々と放射能の中で次々と咲く花々の風景を私達はどのように受け止め、何を為していけば良いのだろう。原発に象徴される科学と文明の恩恵を自分も浴びるほどに享受していたのだという悲しい自覚と共に、汚れた大地にも自分の蒔ける種子を蒔いていく他はない。

畑から

畑から
トマトがくる
よく熟した
トマトの匂いが高く香って　トマトがくる

畑から
ナスビがくる
黒紫色に熟れた
食べるには惜しいほど美しい　ナスビがくる

畑から

紫華鬘《ムラサキケマン》の種子

絹さやえんどうの花が咲き始めた。胡瓜とゴーヤとピーマンの苗も育ってきている。インゲンの芽が種の皮をチョコンと被ったまま顔を出している。オクラももう一畝二畝蒔いておきたい。……今年こそ畑をしっかり作ろう。小さな畑だが、今までの暮らしを見直し、たくさんの生物や非生物と

インゲン豆がくる
淡い緑色の
賢者の心の芯のような　インゲンがくる
畑からいのちたちが　くる
土の深さから
明るい光から
いのちといのちの　物いわぬ　奇跡がくる

詩集「新月」より

一緒に生きている自覚を深めたい……そんなことを思いながら草を刈っていると顔にバチバチと飛んでくるものがある。紫華鬘《ムラサキケマン》の種子だ。触れるとすぐ弾け飛ぶのが面白く、子ども達がよく遊んだ草だ。なんと着実な準備と共に植物の想いはもう次の春へと飛んでいるのだった。

属する

私達人間は
水に属している　生きものである
土に属している　生きものである

サネン花に
カブト虫の幼虫に
アカショウビンの啼声に

台風二号

五月だというのに台風が来た。今回の台風は勢力を衰えさせて来たが、それでも雨戸を閉め水を溜め避難用の寝袋や食料を準備した。雨風がある域を越えて強まると心が、ざわついてくる。何度も窓から外を覗き、谷川の濁流の音に耳をすまし、全身の感覚を研ぎ澄まして家の中をウロウロしてしま

属している　生きものである

そのことを

いつから　忘れてしまったのだろう

詩集「親和力」より

う。「これは」と思った時には避難所へ駆け込むのだが、鉄筋の建物に入った途端、雨風の音がほとんど聴こえなくなるのは凄い。そのたびに素の人間がどれほど弱々しい生物であるか思い知らされるのだが、また思い知ることが大事だとも思っている。

夕方（二）

高校二年生の息子は
自分は　大学にも東京にも行かず　鹿児島で就職する　という
そうか　と思う
それも自然のできごとなのだ　と思う

なにも　大学という文明装置
東京という文明装置に荷担することだけが
人生ではあるまい
夕焼けの美しい日が　つづいている

金色の雲

夕陽

心理療法家の河合隼雄さんが「思春期は心の深層において嵐が吹き荒れる」と言っているが、まさにその通りだと思う。親は頼りにしていた考えや言葉をバッサリ切り捨てられ、確かなものは何だったかと問い返しつつ、途方に暮れて立ち尽くすばかりだ。或る日、閑の帰宅が遅いのでどうし

虹色の雲
緑色の雲

ごえもん風呂を
その夕焼けの下で　焚いている
まことに自由と幸福はそこにこそあった
火を焚いていると
すでに日が暮れ　山も暮れたことも忘れて
火を焚いているのであった

詩集「新月」より

たかなと思っていたら「夕陽を見てきた」と帰ってきた。東シナ海に沈む夕陽を少し遠回りして見てきたらしい、美しい赤紫色の夕焼けを携帯で見せてくれた。夕陽を眺め、夕陽に眺められながら、自分自身と語り、心とからだを鎮めてきたかと思う。夕陽に援《たす》けられている。

まごころはどこに

――和田重正先生――

まごころはどこに　と
静かに問いかけられた方が　ある

たくさんの　こころのなかで
わたくしたちは

まごころ　というこころがあることを忘れ
それとともに

自分ではなく生きることに　馴れてしまった

十年……短歌七首

三省さんが逝って十年が過ぎた。

生きたいと生きてほしいと施《ほどこ》ししょうが湿布の夜の深さよ

死の床の父喜ばせんとかの夏に子は八匹のうなぎ獲りけり

子どもらと語りて過ごす山里の夜に親しき青葉梟《あおばづく》鳴く

逝かれた方よ
逝かれた方よ
澄んだ青空の　絹雲よ
まごころはどこに　と
静かに問いかけられた方が　本当はあるのだ

詩集「三光鳥」より

森の家笑いさざめく子ら
在れば夫《つま》亡き後の八年が
過ぐ
思春期に父親とする大喧
嘩させたかったなあなた
たちにも
母さんのあそこがここが
嫌だと言う息子に今朝も
弁当作る
十年の夏の終わりの夕暮れ
に淋しく赤き白粉花《おしろいばな》咲く
楽しくも厳しい十年であった。

カメノテ採り

カメノテという
亀の手の形をした貝がいる
岩の割れ目に　びっしり並んで　岩に根をおろしている
それを鉄の鉤《かぎ》棒でかき起こす

波しぶきのはねる　大岩から大岩へ
小半日をかけて
物言わず
物思わず
ひたすらカメノテを採り集める

カメノテ汁

三省さんが死んだ直後、傷《いた》みがひどい家を建て替えた方が良いという話が持ちあがった。その時、泣いて反対したのが小六の海彦だった。父を失った海彦にとって、父母の愛に守られて何の不安もなく過ごした家は大事な砦だったのだろう。家は残ったが、中・高校生になった海彦は特殊な環境

自分の人生から
逃れることはできないから
春になったら
海に行く

ひと晩のおかずを集めるために
うしなわれた自分をとりもどすために
今　ここらは真昼で
岩の割れ目には
びっしりとカメノテが　根をおろしているのだ

詩集「三光鳥」より

の家が恥ずかしく、友達に知られたくないと思っているように見えた。大学四年生になった海彦は、今年の夏、鹿児島から十数人の友達を連れてきた。若者達は気持ちが良く、カメノテ汁など私のもてなしたい心を素直に受け取ってくれて嬉しかった。海彦の心の旅のひとつの話である。

沈黙者

青空の下　陽はあふれ
山々は　沈黙者となる
青空の下　陽はあふれ
東の山は　沈黙者である
青空の下　陽はあふれ
南の山は　沈黙者である
青空の下　陽はあふれ
西の山は　沈黙者である

静かな秋

時間がある時には、三キロ程の森に固まれた道を歩くことを楽しみにしている。季節ごとにツワブキを引いたり、野苺を摘んだり、杉の枯れ葉を拾ったり、野の花を眺めたりして喜んでいるのだが、いつも変わらず、心とからだに沁み込んでくるのは「静かさ」だ。谷川の水がゴオゴオと音立てて

三方を山に囲まれた
この谷間の土地で
谷川の音ではない
沈黙者の声を聞く
青空の下　陽はあふれ
現臨せるもの　の声を聞く

詩集「三光鳥」より

流れ、時に鳥や虫達が鳴いていても、森の道は常に静かである。そして、秋は更にその静かさを深めてくれる。こよなく晴れた空から秋の陽がさらさらと降り注ぐ音や、道わきに現われる巨岩達の沈黙というつぶやきまで聞えてくるような気がするほどだ。

木洩《こも》れ日

たたみの上に
ぽんかんの葉叢から洩れてきた陽が
さまざまな　美しい形をつくりだしている

この世界では
不如意のことがままあり
時にはその底に落ちこむこともあるが

そのなかに　じっとうずくまり
あるいはじっと横たわって
眺めていると

雨水節

雨水節の雨が降りしきっている。島の木の芽を起こす雨がバシャバシャと音を立てている。雨だれのようなナンバンキブシが咲き、薄黄色のアオモジが咲き、シャボンのような白木蓮が咲き、隣の晴子さんの家の紫木蓮も咲き始めた。さっぱりと草を刈った畑にはイヌフグリの青い花が一面に咲いている。野には白い木

そのたたみの上で
ぽんかんの葉叢から洩れてきた陽が
不死の妙薬のように　ゆらいでいる

さあ　わたくしを飲んで
今はゆっくり　羽を閉じていなさいと

詩集「親和力」より

莓のレースのような花が咲き出している。島の南部では青い海と青い山を背景に菜の花畑が広がっているだろう。

春が来ている。生命のカミ様達が生命の水に濡れつつ、誇らしげに笑い歌う春が来ている。どれほどつらい苦しい日々があろうとも。

帰ってくる

旅に出て
旅から帰ってくる
鹿児島港から船に乗り
やがて　屋久島の山々が見えてくると
帰ってきたと　心からほっとする

百年の後には
今ここに生きている人は誰もいない
皆どこかへ帰り
新しい見知らぬ人達がいるだろう

白川山神社

白川山集落に小さな神社がある。戦中戦後、この地を開拓して住んでいた人々が作った神社だ。小さな鳥居をくぐり、枯れ葉に埋もれた道を三〇メートル程登ると、石積みされた土台の上にコンクリートで作った祠《ほこら》があり山の神様《ヤマノカンサー》が祀られている。今では訪れる人もない小さな神社の前に佇み、

帰るべき場所は
島山
深く深く　帰るべき場所は
緑なす島山

永い幸せを　汚すまい
核兵器や原子力発電とは別の智恵で
一木一草の智恵で
しっかりと明るく
緑なす島山に　やがて帰り着くのだ

詩集「新月」より

祠を囲み守るように枝を広げ立つアコウやイスの木などの大木を仰ぎみていると、人々が生まれてから死ぬまでのわずかな時間の暮らしの拠り所としてあったことがしみじみと伝わってくる。静かな空間が迷い悩みつつ生きている小さな自分をいとおしく思わせてくれる。

肥やし汲み

二十一世紀を目前にして
ぼくはまた　肥やしを汲んでいる
二つの肥え桶に　たっぷりと肥やしを汲み
天秤棒《てんびんぼう》にかついで　栗の木に運ぶ

時代から落ちこぼれてみると
けっこう楽しいことが　多いよ
肥やし運びもそのひとつ
梅の林の中を通って行くのだが
満開に匂うのは
梅の花ばかり

春

暖かい雨が降り、森の道はモワッと土の香りがして、胸いっぱいに吸い込むと春を迎える喜びがもくもくと湧き上がってくる。というのに、昨年の原発事故で土も水も空気も汚れてしまった、汚してしまったという悲しい事実に向き合えば喜びは一瞬にして絶望に変わってしまう。辛い気持ちで

もう肥やしにまみれているから
肥やしの匂いなんか　しやしない

水洗便所を忘れて　二十二年
自分たちの糞尿を　自分たちの畑に帰して二十二年
自然に帰ってみると
月日は　夢のような楽しい月日だった
むろん悲しいことも　たくさんたくさんあったがね

詩集「三光鳥」より

家の前に咲き出した桃の花を眺めていると、なんと桃の花の中には桃色の桃の精がいて、ふっくらと微笑んでいるではないか。人の想いを超えたはるかに大きなものが私に語りかけてくるではないか……。新しい春が来るのだ。新しい春を迎えねばと思う。

切株

畑の中の　切株に腰をおろして
あたりを眺めるときが　いちばん仕合わせです

青草がいっぱいだな
風が吹いているな
水の音がきこえているな

キュウリの芽が　出てきたな
カボチャの芽が　出てきたな
インゲンの芽も　出てきたな

巣立ちの時

三月。島を離れる子どもの送別会は白川山集落の恒例行事だ。山尾家の長男太郎から始まって何人の子どもも達を送り出しただろうか。会では皆それぞれに一言あるいは歌などではなむけの気持ちを送る。以前は「いずれ島に帰ってきてここで一緒にやっていこう」と誘う言葉が多かった。今年は

陽が照ると　心が明るく輝きます
陽がかげると　静かになります
静かになって　われにかえります

畑の中の　切株に腰をおろして
あたりを眺めるときが　わたくしが成就しているときです

詩集「三光鳥」より

閑の番だった。白川山の人々も齢を重ね「楽しくやっていけよ」と軽くもあり重くもある言葉をかけてもらっていた。子どもは子どもで自分で自分の場を見い出していくしかない。どこにでも場はある。もちろんここにも。島の別れを彩る山桜の花がさまざまな決意を秘めて咲き出している。

蟻《あり》一匹

森羅万象が
真実であるということは
蟻一匹が
真実であるということである

たまには　人間の殻《から》をふり棄て
蟻一匹となって

山萌える

青葉風が吹く爽やかな晴天が二日も続いている。海が見えるＭの家に行き話をした。Ｍは十年前から心を病み数週間前も小さな事件を起こしている。Ｍと話をすることは私にとっていつも重苦しいことだった。一時間ほど話をして家へ帰る途中「Ｍと話をするとホッとする。」と呟いている自分

おごそかに　静かに
この無限の野山を　歩いてみようではないか

詩集「新和力」より

に気が付いてびっくりした。Ｍは少しずつ自分のことを客観的に見られるようになってきているし、私もそのままのＭを受け入れられるようになってきている。なんだかんだと言いながら十年生きてきた。Ｍも私も世界に守られているらしい。新緑の島山を眺め深く深呼吸した。

スモモと雲

梅雨の合間の晴れた午後
半ば熟れたスモモの実を
彼女と二人で　三百個も四百個も採り集めた
採り集めながら
よく熟れた五個や六個の実は
じゅっと汁をほとばせながら　自らも食べた

それから　袋に小分けして
里の十一軒の家に　一軒一軒届けて歩いた
猿に食べ尽くされぬ内に
まだ少し青いけど　もぎました

南瓜の花と大潮

島育ちの友人が「ばあちゃん達の知恵はすごい。お義母さんが南瓜の雌花が咲くのは大潮の頃って言ってたけど本当だよ。南瓜は受粉してやらないと実がならないから気を付けてるんだ。雄花はいつでも咲くけど雌花はなかなか咲かない。咲くのは本当に大潮の頃なのよ。」と言った。

二、三日置いてから食べてください
と伝言しながら

道の上の家や谷の下の家々に
散歩がてらに届けてまわり
最後の　山の上の家にも届けた帰り道で
空に立ちのぼる　ひとすじのすじ雲を見た
人生の意味と　根拠が
その　立ちのぼるすじ雲の内に在った

詩集「新月」より

その話が本当かどうかはわからないが、南瓜の雌花と大潮を結び付けるところがさすが島ならではと思ったし、もし本当なら自然界の巡りの絶妙さに感嘆してしまう。ばあちゃん達の知恵を知恵として受け止める事のできる島暮らしの在り方は私達の未来の暮らしの在り方だと思った。

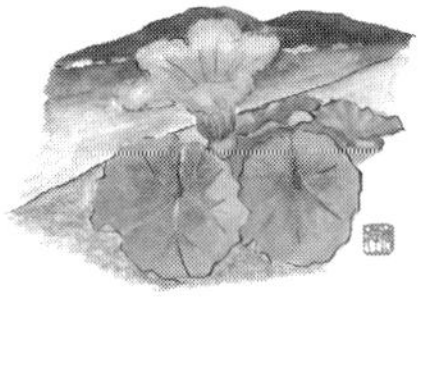

漢字

やがて小学三年生になる
できのわるいミチトが
ぼく　カンジもカケルヨ　と言った

そうか　じゃ　書いてごらん
するとミチトは
宿題の紙の名前を消ゴムで消して
山尾道人と　しっかりと漢字を書いた
やっとなぁと　うれしかったが
逆に　罪の意識もあった
漢字を書くということは

蛭《ひる》一匹

歯科の真白な床の上を黒い小さな物体が動いていくのが見えた。?と思ってよくよく見ると、なんとパンパンに膨れた蛭ではないか。「えっ」と自分の足元を見ると血がこびりついている。ううっ。草刈りをしてきた私の足に付き、治療の間も目いっぱい血を吸い、お腹いっぱいになった蛭は会計

純粋な感じを　失い
一歩　文明という装置に歩み入ることだ
文明にも　漢字にも
ならせたくない　なりたくない
精霊のままで
ツワブキの花と薪取りのうたを　いつまでも
歌わせていたい　歌っていたい

詩集「新月」より

を待つ私の足を離れて歩き出したらしい。蛭も思いがけない真白な床にびっくりしただろうが、私もびっくりした。慌てて紙で拾い上げ、ダッシュで外へ捨てに行った。蛭は病院という世界には全くなじまない生物だった。しかし、また間違いなくこの世の生き物なのであった。

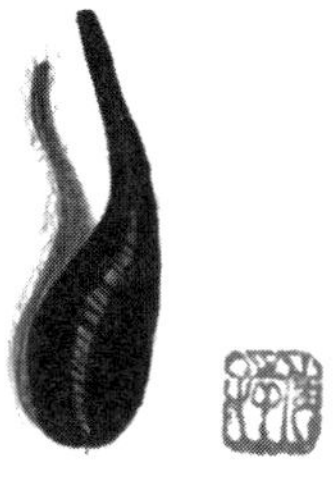

秋の青い朝

秋の青い朝
谷川にくだって　顔を洗う
天から　染《し》みとおり
川から　たちのぼる
青　という神の色に浸《ひた》されて
おのずから染《そ》まり

一人暮らし

二十三年ぶりに一人暮らしになり五カ月が過ぎようとしている。一人暮らしは平気と思っていたのに思いがけない寂しさに我ながらびっくりしている。子育てにどれだけたくさんのエネルギーを使っていたことか。子育てを口実に自分を縛り不自由に生きることで不安定な安心の中にいたことに

おのずから
青　という神の色になる
青い秋の朝
谷川にくだって　ざぶざぶと顔を洗う

詩集「親和力」より

も気が付いた。今、思う。自分自身を見つめる時を得たことを逃すまい。この時をごまかすまい。私の六十億とも言う細胞すべてが静かな悦びの中にあるそんな一日一日を求めていこう。今、深呼吸する。「ああ、クロアゲハがクサギの花の蜜を無心に吸っているではないか……。」

白露《はくろ》

白露という　季節の呼び名がある
身にしみる　善い呼び名である

苦しめばこそ
悲しめばこそ　白露にいたる

生きればこそ
死ねばこそ　白露にいたる

草の葉に白露
おびただしい蝉の亡殻《なきがら》に白露

道場

白川山に旅人用の宿泊小屋ができたのは三十五年ほど前。電気と水道（川水）は引いてあるがガスはなくいろりがあるだけの十六畳ほどの空間が老若男女たくさんの旅人を受け入れてきた。私もその一人だった。二十五年前、苦心して火を焚き火を見つめて過ごした。

来る者拒まずの時代を終

とんぼに白露
その大地に白露
死ねばこそ
生きてあればこそ　白露にいたる
忘れられかけた
二十四節気　白露という神の季節がある

詩集「三光鳥」より

えて、今は「道場」という名になり限定して宿を提供している。この夏、三組の旅人がやってきた。

十七才で初めて道場に泊まり、七年ぶりにやってきたKは三十才になっていた。道場は多くの旅人が自分自身の人生の物語を作りつつ歩き過ぎていった場の一つであるようだった。

洗濯物干し

平安末期の僧　良忍という人は
一人《いちにん》一切人　一切人一人
一行《いちぎょう》一切行　一切行一行

という　確信を得て
融通《ゆうずう》念仏宗という　新しい宗門を開かれた

その確信を受けて
わたくしがなにをするかといえば
真夏の　深い青空へ向けて
洗濯物を　干す

洗濯機

洗濯機が動かなくなった。十六年前、三省さんが今から子ども達が大きくなるからと容量の大きな洗濯機を選び、我が家にしては珍しく高価な買物をした。以来毎日毎日働き続け、泥汚れの激しい時期も乗り越えた。私にとっては共に子育てをしてきた古い同志だった。修理に来てくれた電機屋さ

ばんばん　とよくはたいて
小さなシャツ　小さな短パン　たくさんのおむつを
次から次へ　干してゆく

干しおわって
洗濯物たちが　もう風に揺れているのを　見ると
一行というものは　じつは楽しい遊戯であったとわかる

詩集「三光鳥」より

んは「今は七・八年で部品がなくなるから部品の取り替えが必要な時はもうダメだね。」と言った。あちこち青サビが出てボロボロだったが、色々手を入れてくれてなんとか動き出した。嬉しくて「もう少し一緒に頑張ろう。」と撫でながら何度も何度も声をかけた。

栗の実

栗の実が　落ちはじめた
子供達が　まず最初にそのことに気づき
さそわれて　親もそれを拾いに行く

栗の木から　栗の実が落ちてくることは
なんと豊かなことだろう
なんとうれしい　ことだろう

それは　縄文人の豊かさに帰ること
縄文人の喜びをそのまま亨《う》けること
いのちの原初の恵みに帰ることである

栗の木

　栗材は湿気に強く台所等に重宝され、鹿児島では昔は家に一本の栗の木を植えたものだと聴いた。我が家の前にも栗の木がある。数年前の春「主《あるじ》なき家守るごと大木となりて栗の木花溢れ咲く」と詠んだが、秋になると実を食べに猿が来て騒ぐので鬱陶しいと感じたりもしていた。びっしりと

いのち
ただのいのち
素朴のままの　いのちよ
栗の実が　落ちはじめた
子供達が　まず最初にそのことに気づき
さそわれて　大人もそれを拾いに行く

詩集「新月」より

巻きついていたフウトウカズラを払ってやると、栗の木はやはりなかなかの木で根回り二m弱、地面から一mの所が四ツ又に分かれていて腰をかけることができることがわかった。いい木だなあと思っているうちにハッと気が付いた。「これが私の自分の木だ！」と。

畑で

よく晴れた
暖かい日に
畑で　じゃがいもを植えた
土に穴を掘り
そこに　切ったじゃがいもを伏せ
また土をかぶせておくだけの
そんな　原始的なやり方――
約五キロのじゃがいもを
午後の間中かけて
ゆっくりと　心ゆくままに植えつけた

栗の木　その2

自分の木だと気が付いてから、朝に夕に眺め、木肌に触れ、幹に抱きついたりして栗の木と共に過ごしている。木に執劫に絡み着いていたフウトウカズラに私は今までの生き方の中で作ってきた癖や垢のようなものを感じていた。自分自身にこびりついたものをカズラを払いながらこそげ落と

植え終って
そばの枯草の中に　仰向けに長々と寝転び
青い空の　奥を眺めた
それから目を閉じ
空の奥の声を　聞いた
空の奥の声は聞こえず
中空の小鳥たちの啼声ばかりが
賑やかに　そこに満ちていた
それでよかった　奥にも　中空にも　地上にも人生があった

詩集「新月」より

していると思った。栗の木に抱きついていると、木が大地から迸《ほとばし》るほどの生命の気を吸い上げ空へと放っていると感じる。それが私の力《りき》みを緩ませ安心して生きなさいと伝言《メッセージ》をくれる。だから、時には四ツ又の所に腰かけて、いつもと違う風に吹かれてみたりしている。

流木拾い

ひとつの楽しみは
流木拾い

はれわたった海辺で
一寸厚《いっすんあつ》※の板や
三寸角《かく》の　角材を拾う

海はもちろん　材木屋さんではないけど
そこに行けば　ときどき
必要な　そんな材木が打ち寄せられている

打ち上げ貝の話

永田いなか浜で「打ち上げ貝を拾おう」という会に参加した。いなか浜は三百種もの貝殻を拾うことができる世界でも稀有な浜。荒波に打ち上げられた貝殻が波の形に帯を作っている砂浜で小一時間貝殻を拾った。名和さんという方が貝殻を種類に分け名前を教えてくれた。私は五十七種の貝殻

海の青さに
おのずから無言になって
家修理の流木を拾う

その楽しみが　はれた冬の海の
そのまま　生死《しょうじ》の楽しみ

※一寸は約三センチ

詩集「親和力」より

を拾い、その一つは学名はあるが和名はまだないというものだった。貝という窓から広がる世界にも目が眩むような壮大な物語があった……「シマワスレ」「ナミノコザクラ」「ツヅレナデシコ」……教えてもらった貝の名を呟きながら掌にシャラシャラと鳴る貝殻を眺めている。

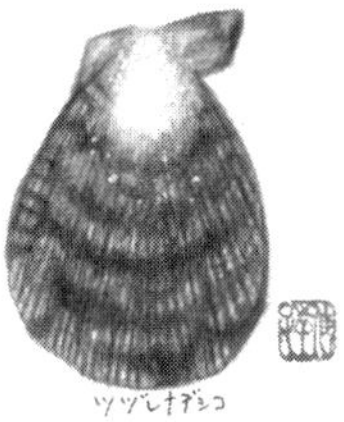

石のはなし

森で拾った小さな石を
ともだちへ　差しあげる

この石は　巨斑晶正長石《きょはんしょうせいちょうせき》といい
花崗岩の中に含まれている結晶です

この石の年齢は
少くとも　千四百万年はあります

石ころに親しむ

「石ころに親しむ」という集まりに参加した。海岸で石を拾い、その石の名を教えてもらったり、金鉱山跡で金や水晶を探したりした。そんな中で一番印象に残ったのは、海底からマグマが盛り上がってできた屋久島のそのマグマが一度冷えるのに三千年かかっているという話だった。「私」という

ですから時々　それを手のひらで握り
千四百万年という永い時間の感触を
ご自分で　たしかに実感されてください

ここらの森には（日本の森には）
そんな　宝石以上の値うちのある石が
無数に散らばっているのです

詩集「親和力」より

生物のちっぽけさを感じると同時に、今ここに生きている私は今ここの世界を確かに形作っているとも思えた。ちっぽけな私が、今ここの石ころを握りしめている。石ころに親しんでみると、今ここの私達のいのち一つ一つが心底いとおしいものだった。

青葉

ひかり　静まる空に
ウリハダカエデの青葉が
ゆっくりと揺れている

これが　地球四十六億年の願い

ひかり　静まる空に
ウリハダカエデの青葉が
さわさわと　さわさわと

これが　宇宙百五十億年の奇蹟

倉科さんと

　十数年ぶりの思いがけない登山だった。その日は屋久島では年に一、二度あるかないかの好天で、風も雲もない青空が広がっていた。淀川小屋・花之江河《はなのえごう》を過ぎても余力があった。黒味岳まで足を伸ばすと、遙か海の向こうに吐噶喇《トカラ》列島の口之島や中之島が眺められた。黒味岳頂上は風が強かった。

ひかり　静まる空に
ウリハダカエデの青葉が
神　ここに在りと　揺れている
これは　人類二百五十万年の願い
ひかり　静まる空に
ウリハダカエデの　新しい青葉が
さわさわと　さわさわと

詩集「親和力」より

風を避けてお弁当を食べた。お弁当を食べながらお互いのことを少しずつしゃべった。倉科さんは旅をするならご主人と一緒が一番楽しかったと言った。私達は片割れ同士だった。そんな話をつつましやかに咲く薄黄色の馬酔木の花が静かに聴いていた。

十四夜

森の月は　美しい
森の月は　瞬時に悲しみを抜いてくれる
あなたとおなじくわたしにも
百もの　悲しいことや辛いことがあって
正直にいって　多くの日々は悲しく　また辛いのであるが
森の月は
そのこころを　瞬時に抜いてくれる
それでわたしは
月を挑めているだろうか

夕方、家に帰り戸を開けると甘酢っぱい香りがした。台所へ行くと玉葱やじゃが芋が食い散らかされていた。「ああ猿だ!台所の窓を開けたままだった。あれ?土間がびしょびしょだ。」梅酒の瓶が割れ、梅の実が散乱し、梅酒がたっぷり土間を覆っていた。茫然と立ち尽くした後、意を決してガラスの

それをカミと呼び　宇宙の眼と呼び
わたしのもうひとつの眼とも　呼ぶのであるが
森の月は　美しい
森の月は　いつでも瞬時に　わたしのこころを　月にしてしまう

欠片《かけら》を拾い始めた。

　猿は梅の実を食べようと瓶を割ったのだろう。幾つも梅の実が齧《かじ》られていた。とすれば、猿は少々酔っ払って山へ帰ったかもしれない。今頃赤い顔を更に赤くして、ほろ酔いで月を眺めているかもしれない。なんだか少し許せるような気がした。

詩集「三光鳥」より

花二題

やがて梅雨も明けようとしている
晴れたり　降ったり
神鳴ったり

つかのまの強い日射しの中で
カンナの花が　真紅に咲いている
夏を告げるカンナの花
学歴などない
地位も　名誉もない
土砂降り

梅雨明け

青空の奥に青空、そのまた奥に更に青い空が広がっている。梅雨明け十日の晴天が続いている。そして夜が涼しくなってきた。私の心身を癒してくれる白川山の夏の始まり……今年の梅雨も本当によく降った。Tさんの所の雨量計によると、白川山では昨年からの一年間約七七〇〇ミリの雨が降

神鳴れば
また　あじさいの花が帰ってくる
そこだけ　青空のように明るい
あじさい花の浄土

晴れたり　降ったり　曇ったり
神鳴れば
地のままに
地の風景が　あったのではなかったか

詩集「新月」より

ったという。全国平均年間降水量が一七一八ミリだから、私が「また雨！また雨！」と叫ぶのも無理はないと思う。同時に大量の雨を溜め保つ森の力に驚嘆する。森の樹々が私達の生命を守り、森の樹々が抱えてくれる水が涼風の夏をもたらしてくれている。

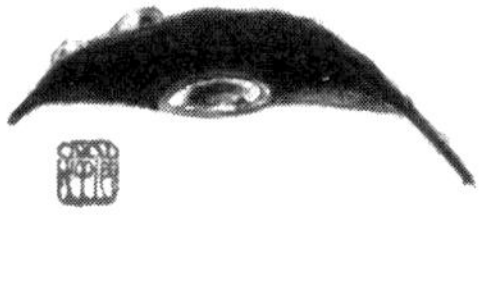

地蔵　その一

お地蔵さん　というのは
深土を神とすることである

私たちは
神は天のどこかに在ると思い
また　私たちの心の中に在ると思い
また　そんなものはどこにも存在しない
と考えているが

本当は
土がそのまま神なのであり

洗濯機　その2

調子が悪かった洗濯機をとうとう買い替えることにした。手離す前日は別れ難い思いが募り、拭き掃除をして「ありがとう、ありがとう。」と何度も声をかけた。家族五人楽しく暮らしていた日々も、三省さんを亡くし悪戦苦闘した日々の朝も全て知っている洗濯機だった。洗濯機は車に積まれ、

私たちは　それともしらず
神の上で遊び　仕事をし
神の上で苦しみ　涙を流していたのであった

お地蔵さん　というのは
今の時代では　ますます軽んじられてはいるが
深土を神とする思想　のことである

詩集「三光鳥」より

白川山の道を下っていった。三省さんが使っていたオンボロ軽トラを廃車にした時も、白川山の道を下っていくのを見送ったことを思い出した。新しい洗濯機は同じ道を登ってやってきた。軽快な音をたてる洗濯機に仲よくやっていこうと声をかけた。

貝採り

がんがんと照りつける太陽
青紫色の海
大きな　涼しい風

岩から岩へと伝い歩き
ときには波のしぶきを浴びて
ぼくはひとりで
貝を採る

誰もいない岩海で
ぼくはひとりの　縄文人になる

海

夏休みに帰省した末の子が海に潜ってシャコ貝を採ってくるようになった。「海はいい。海は自由だ。」と言う。感情の起伏の激しい彼には海の持つ波動が合っているのだと思った。波に漂い貝を探し採るために潜り浮き上がりまた潜りしている時は、ただそれだけをやっているのだ。三省さんも

縄文人の無言
縄文人の豊饒《ほうじょう》

誰がなんと言おうと
これを文明に手渡すことはできない
体が知っている
縄文人の無言　縄文人の豊饒《ほうじょう》

大きな　涼しい風
がんがんと照りつける太陽
青紫色の　海

詩集「親和力」より

海が好きだった。教えてもらうことはなかったのに、いつのまにか父と同じことをしている。大なべに湯を沸かしシャコ貝を入れて引き上げ、身を取り出して適当に切り、酢醤油で食べる。「陸に上がるからだが憂欝だ。」と呟く十九才の夏だった。

善光寺

善光寺様
善光寺様

ことしも　わたしたちの庭畑に　あなたの
不思議の　金木犀の花が　咲きました

ことしは
こちらは苦しく乱れて
金木犀は咲かず　水も流れぬ秋かと
思っていましたのに

栗の木　その3

日の暮れが早くなり夜が長くなってきた。長い夜は明るい昼には感じなかった途方もない寂しさを運んでくる時がある。そんな時は森のことを考える。真暗闇の中に静かに立つ樹々のことを想うとおなかのあたりが温かくなる。森は決して私を拒まない……。風呂の火を見に外へ出ると家を覆

善光寺様
善光寺様

ことしも　この貧しい庭畑に　あなたの
不思議の　金木犀が
香りいっぱいに　咲き満ちました

善光寺様
この世界という　善光寺様

詩集「親和力」より

うように葉を繁らせて立つ栗の木がシルエットとなって浮かんでいた。私の栗の木は昼も夜も私が寝ている時も一時も絶えることなく私の傍にいることに気付かされる。風のない夜の微動だにしない栗の木が「力強く、力強く」と言っている気がした。

冬至節

自己の内なる自然性としての　カミを
自分の内に樹《た》てていく

ヤクシソウの　黄色の花むら
永遠の海に映《は》え
ヤクシソウの　黄色の花むら
久遠の海に映え

チャルカ

友を訪ねると彼女はチャルカ（糸紡ぎ車）を回していた。産業革命を経て近代工業への繁栄の中の英国に対しガンジーはチャルカを回す手工業を勧めてインド独立を果たした。チャルカを回していると心が落ち着くと言う友に糸紡ぎを教えてもらった。綿《わた》の繊維を糸にしていくという作業は心

人間の自然性としての　神奥性《しんおう》を
自分の内に　樹てていく

詩集「親和力」より

をシンと静かにしてくれた。「一日十五分チャルカを回しなさい。」とガンジーは言った。非暴力で独立へ導いたガンジーの深い苦悩……それゆえ彼にもチャルカが必要だったことが了解された。友と別れ帰った野山にはムラサキシキブの実が喜びと悲しみ共々の光を放って輝いていた。

山

鹿児島県薩摩半島の南端に
聞聞岳という　姿のいい山がある
土地の人達は　この山を薩摩富士とも呼んで
昔から大切にしてきた

聞聞岳の麓に　じっさいに立って
はるかに見上げると
ぎっしりと緑がつまったこの山は
確かに　神の山であった

神がそのように現前しているのであった

山の《ヤマン》神様《カンサー》の居る所

　兵頭さんの話。屋久島は海（亜熱帯）から山（亜寒帯）まで原生の森の垂直分布が有名だ。しかし、島を一周する県道が通っているので、全く分断されずに垂直分布している所はない。ただ一ヶ所だけ繋がっている所がある。一湊のトンネルの所だ。島中でトンネルはそこのみ。他は全て切り

神は　不確かなものではない
本当に気持ちのいいものが　神
安らぎを与えてくれるのが　神
万人に平等な　よいものが　神
聞聞岳は　それであった

薩摩半島の南端に
海を見おろして
聞聞岳という姿のいい山がある
土地の神山であるが
それだからこそ　本当の神なのであった

詩集「三光鳥」より

通しになっている。何故そこだけトンネルなのか……昔の島人は「その山には山《ヤマ》の神様《ンカンサー》が居る。尾根伝いに山姫が海へ潮を汲みに行く。」と言い伝えていた。山の神と山姫のために山を残しトンネルにしたことが、島で唯一本当の垂直分布域になったという不思議な話であった。

伯耆《ほうき》大山《だいせん》

鳥取県の大山《だいせん》に　お参りに行った
その山は　大神岳《おおかみのたけ》とも呼ばれ
伯耆《ほうき》富士とも呼ばれて

古来　山陰山岳信仰の一大中心地だった
ぼくがお参りしたのは　その
大神山《おおかみやま》神社奥宮だったが

長くつづく石段の　ひとつのつけ根に
ダイセンキスミレが　群生しているのを見た
むろん秋の今　花はなかった

ツワブキの花

黄色に輝くツワブキの花の初々しさに目を奪われていると、ある言葉が甦ってきた。『Now is always the best time of life』学生時代に使っていた筆入れに書いてあった『人生の最良の時は常に今』という言葉。若い頃はこの言葉を大事にして生きることは案外とたやすかった。半世紀以上を生

けれども　その株は
千キロを距てて　ぼくが尋ねた
伯耆大山の神の　その実体にほかならなかった
伯耆大山黄スミレの神に
ぼくは
心の中で　激しく拍手《かしわで》を拍《う》った

詩集「親和力」より

き、人生はそれほど容易ではなく、ここをどうやって乗り切ろうと思い、「今」を良しと言い切れない時も多くなってしまっていた。乗り切ろうと先を先を見ていた私はツワブキの花の前で「乗り切ろうとしている今」が「最良の時」なのかと呟いてみた。

真事《まこと》

小学一年生のすみれちゃんが　ある時
「目の上にあるものは　まぶた　まつげ
まゆげって　どうしてみんなまがつくの」
と　たづねてきた
ぼくは考えた
そういえば　目の近くにあるものは　まじかで
まのあたりで……
アッ　わかった

母　その2

母は昨年の暮れに体調を崩し危なかったが持ち直し、今は施設に入所している。三月末、その母に付き添った。母は私を愛してくれたが、その愛（支配）の強烈さゆえに私は母から逃げた。母が押し付けてくる価値観を受け入れられないと拒み、母のことを嫌いだと思ってきた。白い山脈《やまなみ》の見える施

目というのは　本当は　目《ま》だったんだ
その目《ま》から　真《ま》という文字ができ
真事《まこと》　という言葉も生まれた
真事の目を　すみれちゃんも
視覚障害者も　だから　持っているんだ

詩集「親和力」よりま

設のベッドで母は眠っていた。数日問、母の傍らで過ごし、屋久島へ戻ると島は昭葉樹の春真盛りであった。母が嫌いという気持ちの底に、母にそのままの私を認めてもらいたいという切ない想いが今さらながらにあることに気付かされ驚いている。

あぶらぎりの花が咲いて

あぶらぎりの花が咲いて
沖縄・奄美地方は　梅雨に入った
やがて私達の島も　梅雨に入るだろう
時季《とき》のめぐみ
時季《とき》のめぐり
あぶらぎりの真白な花が
山のあちこちに咲きはじめた

進歩という幻想をなおも棄てよ
進歩という幻想を深く棄てて　山に還れ
実在の変化《へんげ》に還れ

シイノトモシビタケ

白川山神社の壊れた鳥居に今年も光るきのこが生えてきたよと教えてもらったので見に行った。シイノトモシビタケというきのこが数個漆黒の闇の中に薄青い光を放っていた。発光きのこは夜に活動する虫達をその光で引き寄せ胞子を運んでもらうのだそうだ。そして、きのこ達は木々の根に

あぶらぎりの花が咲いて
沖縄・奄美地方は　梅雨に入った
やがて私達の島も　梅雨に入るだろう
新しい時季《とき》
新しい自分とのたたかい
あぶらぎりの真白な花が
山のあちこちに咲きはじめた

詩集「新月」より

しっかりと菌糸をからませ森の土壌を守る大事な役割を果たしているという。自然界にあるものは何ひとつ無駄なものはないし、無駄なことはしないものだ。人知れず今夜も夜の森にひそかに光を放っているきのこ達を想像すると身の内に不思議な力が湧いてくる。

安心な土

団地の十三階に住もうと
海のほとりに住もうと
わたしたちは　土に属している
そのことを　忘れないように

土に片ひざをつくまでに　十年
両ひざをつくまでに　二十年
ついやしたけれど
むだではなかった
土は　安心のみなもと

鐘の音

八月六日広島原爆忌の「黙祷」の言葉と共に鳴らされた鐘の音が心身に沁み渡り忘れることができないでいる。戦後六十九年の夏は集団的自衛権容認が閣議決定されるという憤りの夏となった――台風八号十一号が真っ二つに裂いていった畑の奥の柿の木を小さめに切り分けて、風呂の薪にする

土こそは　人類のみなもと
団地の十三階に住もうと
海のほとりに住もうと
わたくしたちは　土に属している
そのことを　忘れないように

詩集「親和力」より

ために運んだ。折れてしまったからには、風呂の焚き物となることを柿の木は喜んでいるように思えた。こんな素朴な仕事は楽しい。こんな平和で素朴な仕事は本当に楽しいと思った。運びながら広島の鐘の音の響きがまた心身に沁みていくのを感じていた。

山に住んでいると

山に住んでいると　ときどき
美しい　神秘なできごとに出会う

たとえば
西の山に　みか月が沈んでゆく
ようやく日が暮れきって
空の底が濃紺色にふかまり

無数の星たちが　霊的なまばたきを送りはじめてくるころ
どかんと
西山にみか月があって
見ているあいだに

秋の夕暮れ

十月に入り、日の暮れが早くなってきた。夕暮れが迫る中、五右衛門風呂を焚いていると「ホッホ、ホッホ」と青葉梟《アオバヅク》の鳴き声が聴こえてきた。家の前に出てみると電線に青葉梟のシルエットが浮かんでいた。「ホッホ、ホッホ」と鳴くたびに尾羽がパッパ、パッパと聞いている。時々飛び立ってはま

ぐんぐんと沈んでゆく
沈む音が聞こえるほどである
なぜなら
月が沈みきり
山の上にしばらく残っていた明りも消えてしまうと

あたりが急に静かになって
それまでは聞えなかった谷川の音が
ふたたび流れはじめ
聞こえはじめるからである

山に住んでいると
ときどき　不思議なできごとに出会う

詩集「三光鳥」より

た電線に舞い戻って鳴く。虫でも捕まえているのだろうか。西空には淡い半月がかかっている。羽を広げて森へ飛び去っていき青葉梟を見届けてから風呂焚きに戻ると薪は燃えて燠になろうとしていた。手頃な薪を差し入れて火をかきたて炎が燃え上がるのを見つめた。

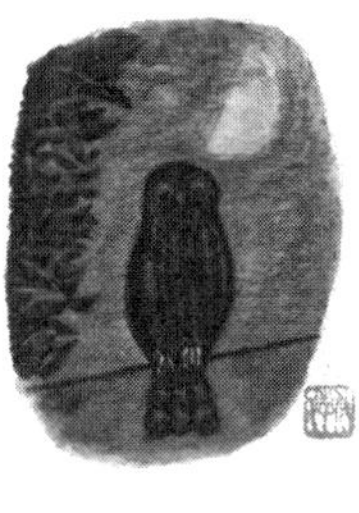

センリョウ　マンリョウ

センリョウ　マンリョウを探して
歳の暮れの山を歩いた
お正月の花を求めて
ほの明るくて暖かい森の中を　親子三人でゆっくりと歩いた

マンリョウがあった
赤い実のマンリョウが　二本三本
五本も六本もあった
ありがとう

センリョウがあった

歳月

時雨が降る森を歩いた。千両《センリョウ》や万両《マンリョウ》が赤い実を付けていた。毎年暮れになると赤い実を求めて家族で歩いた森である。夫婦二人で歩いた森。赤ん坊が産まれて三人で歩いた森。一人二人と増えて五人で歩いた森。そして一人二人と欠けていき、今は一人で歩いている森。「歳月」という言葉に惹

橙色の実のセンリョウが　二本だけあった
ありがとう

森の外では　北西風がびゅうびゅう吹いて
寒いのに
森の中は風もなく
地面の底から暖かかった
樹達の肌さえ暖かかった
センリョウ　マンリョウ　ありがとう
生きていることを　ありがとう
お正月のくることの　ありがとう

詩集「新月」より

かれて歌を作った。『夫亡き後歳月ありやと思ひしにありて私の闘ひの日々』大変だったけれど心安らかな日々と詠みたい所だが、今の私にとってはやはり闘いの日々だった。それは私がより深く生きるために訪れた歳月であった。森には変わらぬ谷川の音が響いていた。

藪啼きうぐいす

毎朝
窓ガラスの桟《さん》に　うぐいすがきて止まる
羽根でばたばたと　窓ガラスを叩く
その音と　その影が　引いたままのカーテンから見え　聞こえる
カーテンを開くと
ひとたびは逃げてゆくが　また戻ってきて　桟に止まる
大寒のさなかの今頃
そんな日が　もう一週間も続いている
むろん　まだ啼かない
ときどき　ジュジュッと　低く藪啼きするだけである

ジョウビタキ

ジョウビタキがチキチキ鳴きながら尾羽をパタパタ振っている。縄張りを主張する姿らしい。その動きが面白くて今年の冬はジョウビタキを眺めて暮らした。ジョウビタキのヒタキは火焚きの意味で腰と尾羽の両側が赤褐色で火の色に見えることから付いた名のようだ。我が家は火を焚く家だからその名の由来は嬉しい。

どうしてそのうぐいすが　そういうことをする気になったのか
少しもわからない
少しもわからず
ただ　うれしく　ありがたい
ふとんの中に打伏せの姿勢で　肩だけ起こし
飛び去ってはまたやってくる　可愛いものの姿を眺める
地球と弱者を滅ぼす　科学と産業の文明に
このささやかな藪啼きうぐいすの朝から
ささやかな異議と　悲しみを告げる

詩集「新月」より

同じ冬鳥のヒヨドリやシロハラと共にもうすぐ始まる渡りの日々を憂うこともなく、静かな森の中を陽気に飛び交っている。だが冬は過ぎようとしている。隣の畑の梅の花が咲いて散った。雨水節となり、木の芽起こしの雨が降り始めている。『ジョウビタキここにきて鳴けこの家は火を焚く家だ風焚く家だ』

四月六日

四月六日は入学式で
ここらはもうキンポウゲの花の盛りだった
遊生《ゆうき》君が一年生に上るので
ささやかなお祝い品を届けたら
掘ったばかりの竹の子を一本
どかんともらってしまった

うれしく家に戻ってくると
誰が届けてくれたのか
また別の竹の子が一本

屋根直し

「春美さん、屋根を直しましょう。」と賢至さんが言ってくれたのは今年の冬だった。あまり雨漏りが激しかったので、屋根にブルーシートをかけて凌いでいたのを見兼ねたのだ。四月末の晴天の日、白川山を中心に十五人の男の人達が集まってくれた。大工を本職にしているナンちゃんやシゲさ

どかんと　あがりがまちに置かれてあった
よいか　人の子のわたし
人生とはそういうもので　そこにしかありはしない
社会とはそういうもので　それ以上のものではない
よいか　人の子のわたし
ここらはもうキンポウゲの花の盛りで
ずうっと川が流れていて
山々はすっかり盛りあがっている
今日の夜　遊生《ゆうき》君が笑って眠れば　もうそれでよいのだ

詩集『新月』より

んも来てくれた。ボロボロの瓦が剥がされた。安い材料費で仕上げる方法をチョクさんが調べておいてくれた。久しぶりの大きな共同作業になった。女の人達で昼ご飯と夜の飲ん方の準備をした。ありがたかった。有難いという気持ちを大事にしようと思った。

星

星を見て　つつしむ
星を浴びて　いのちを甦らせる
星を定めて　死の時を待つ

星を見て　はなやぐ
星を浴びて　法《ダルマ》を浴びる
星を定めて　天にまじわる

星を見て　究極する

猫の又八《またはち》　その4

又八を栗の木の下に埋めた。亡くなる二日前、仕事から帰ってみると家のどこにも姿が見えず、家の周りを探しに探した。半分あきらめて戻ろうとした時、隣の畑との境の電柱の下の草むらに丸まっているのを見つけた。雨が降っていた。又八なりに動ける間に死に場所を求めたのだ。迷った

星を浴びて　地に還る
星を定めて　星に還る

詩集「親和力」より

が抱き上げて家に連れて帰った。子ども達が島を出てから「おまえがいてくれて良かったよ。」と頭を撫でながら呟いた夜が何度あっただろう。「ありがとう。逝っていいからね。」と繰り返した。雨が続いている。私の栗の木の下で又八は少しずつ土に還っていっているだろう。『土くれになる悦びよ栗の木は繁りて青きあをき風生む』

心

心　が濃くなると
魂　になる
魂　が濃くなると
霊　になる
霊　が深まると
神　になる

オリオン三星賞《みつぼし》

八月二十八日、三省忌の中で、第十回オリオン三星賞（屋久島町の小・中・高校生の詩を募集をしている）の発表・表彰を行った。オリオン三星賞を始めた時、小学三年生だった子達が高校三年生になっている。表彰された屋久島高校三年のAさんは、これまでも何回か入選している子だ。帰り

神　が展《ひら》けると
仏　になる
仏とは　いのち
いのち　が濃くなると
心　になる

詩集「親和力」より

際、立ち話をした。「今年で最後だね。」と話すとにっこり笑って「ハイ」と応えてくれた。多分三月には卒業して島を離れていくだろうAさんの爽やかな表情を、詩を書いてきたことがいつか心を支えてくれる日もあるかもしれないと思いながら見送った。

真昼

ぼくが　木いちごの実を食べていると
みかんの花が　突然
はらはらと散った

胸が黒くてお尻が　橙色《だいだい》の
クロマルハナバチが　何匹も
みかんの花のミツを吸っては
花びらを散らしまわって　いるのだつた
川が流れる音しかない
しんとした真昼

貝殻拾い

小春日和が続いた十月、浜へ貝殻を拾いに行った。イモガイが波に削られてできる丸いうずまきを持つ貝殻を拾おうと思った。古代の人がうずまきは魔を寄せつけないという意味で魔除けとして腕輪にしたという貝殻だ。二十年前はいくらでも拾えたのにすっかり少なくなっていて驚いた。何

木いちごの実を食べながら　ぼくは
クロマルハナバチという　もうひとりのぼくを
はじめて　つくづくと　見た
(タヒチライムという種類の)
みかんの花が
風もないのに　はらはらと散るのを

詩集「親和力」より

日か通ううちに少しではあるが波にゆり上げられた貝殻に気付くようになった。白い波が寄せてまた引いていく波打ち際で貝殻を拾っていると、古代の人が自然よりもたらされる力が魔とも魔除けともなることをからだで感じていたということが分かってくるのだった。

カッコウアザミ

初冬の庭に
百千のカッコウアザミの花が　咲いていた
静かな青い花である

大寂静　という言葉を持たれた　尊敬する方は
高齢に到り
明るいガラス戸越しに　終日　その庭を眺めておられた
甘いものとお茶を好まれると聴いた
またあるとき　ある人が訪れ
先生は一日そうしていられて退屈なさいませんか
と尋ねると

母の死

　十二月十三日急遽山形に向かった。母の呼吸が変わったという報せがあったからだ。飛行機を乗り継ぎ羽田へ。東京駅から新幹線に乗った。ほぼ一日かけての帰郷だが、私が帰るまで母は死なないという妙な確信があった。夕方、駅に着きそのまま病院へ。数日前から食事も水分も摂れなくな

退屈とは何か
と逆に尋ねられたと　聴いた
茶をすする　ずどんという音も聴いた
初冬の庭に
百千のカッコウアザミの花が　咲いていた
青い　静かな花であった

詩集「新月」より

ったという母はすっかり頬がこけ、ひと回りもふた回りも小さなからだになっていた。次の日の昼、母は右目を開け、そして左目を開けそれから息を引いた。私は母の最期を看取ることができて本当に有難いと思った。遠くに嫁いだ私に母が最後の贈り物をくれたと思っている。

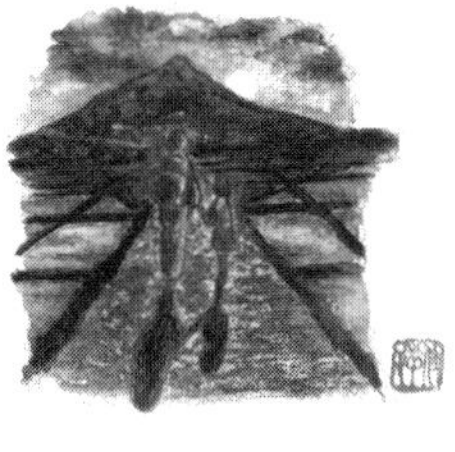

青草の中のお弁当

春の彼岸の二日目
風はまだ冷たかったが　上々のお天気だったので
庭の青草にゴザを敷いて
お昼を弁当にすることになった

一才十一ヶ月のすみれちゃんの　いのち
三才四ヶ月の海《うみ》ちゃんの　いのち
三十七才の春美さんの　いのち
五十四才の僕の　いのち
四つのいのちが
青草に囲まれ　明るすぎるほどの光の中で

タダミカンのこと

この冬、家の裏の川向こうにタダミカンが熟れているのに気付いた。三省さんの本の中に「タダミカン」という短い随筆がある。焼酎の席で十五種類ほどある屋久島のミカンの中で一番おいしいのはタダミカンだという話になったというものだ。タダミカンは黒島ミカンが本名で、おいしいが日持ちがせず商品にならな

楽しく賑やかに　お弁当を食べた
家族ほどよいものは　ほかにない
たのしくお弁当を食べる家族ほどよいものは
この世界に　ふたつとはない

食べ終わって
チビちゃんたちは草の中で遊び
春美さんと僕はごろりと仰向けになって　光を浴びた
光を浴びながら僕は
金木犀《きんもくせい》の新芽は
ひとときも静止することなく　かすかな風に揺れつづけている
という　大発見をした

詩集「三光鳥」より

い無料のミカンということらしい。タダミカンは誰の土地の木でも勝手に採って食べてかまわない。所有関係の生まれてこない無料のミカンに島暮らしの豊かさを三省さんは見ていたようだ。明るい橙色のタダミカンを食べながら所有ということにしばらく思いを巡らしてみた。

小《くう》さ　愛《かな》さ

ここに在る
コデマリの花という永劫に
帰命《きみょう》する
小《くう》さ　愛《かな》さ（沖縄のことわざ）に
帰命する
小《くう》さ　愛《かな》さ　こそは
わたくし達の本質

菌従属栄養植物

木の芽流しの雨が降り山が膨らみ始めた。昨年、屋久島の森で新種の植物が二つ見つかった。椨川八代蘭《たぶがわやつしろらん》、屋久島草《やくしまそう》と名付けられた植物は共に光合成をせず、地中の菌類から養分を得て育つ菌従属栄養植物。目には見えない共生菌のネットワークが原生の森には息づき、森を作っていることを証明

わたくし達という　いのちの本質
ここに在る
コデマリの花　という永劫に
帰命する

詩集「親和力」より

してくれているのだそうだ。昨年ノーベル賞を受賞した大村智さんは「人間の抱える課題の答えは全て自然の中にある」と言っていた。おそらくその通りだろう。私達は真摯に自然の不思議から学ぶほかに生きのびていけないと私は思っている。

野菜畑

小鍬《ぐわ》で　野菜畑の畝《うね》を切る
雨もよいの午後
森の中

しゃがみこんで
片手の小鍬で土を掘る
カヤの根　ツルソバの根　ススキの根
オオカゼグサの根　ミヤマタニソバの根　ドクダミの根

土の中は
なつかしい根だらけ

菌従属栄養植物　その2

　四月末に椅川八代蘭《たぶがわやつしろらん》の花を、五月に同じ菌従属栄養植物の緑無葉蘭《みどりむようらん》の花を見に連れていってもらった。どちらも目立たない花だったが不思議な魅力を持っていた。これらの植物が育つ森は百年単位で人の手が入っていない森なのだそうだ。人の暮らしのすぐ傍らにこんな森があることに驚かさ

白い根　赤い根　茶色い根
黒い根　黄色い根

土の中は
なつかしい　いのちの原郷
安心立命の　湿り気の場所

小鍬で　野菜畑の畝を切る
雨もよいの午後　しゃがみこんで
森の中

詩集「三光鳥」より

れるが、今回見た緑無葉蘭は白谷雲水峡の道路拡幅工事のため消えていくだろうと聞いた。自然界の共生ネットワークの中で生きている生物がひとつ消滅していく時、他の生物に影響が出ないわけがない。人間の心の荒廃と自然界のできごとが関係ないとは思えないでいる。

単純な幸福

星空がある　ということが
単純な幸福である

星空がある　ということは
精神の究極が　あるということである

ここに在る精神の究極と
星空とは　別のものではない

琉球藍《リュウキュウアイ》

三省さんの最初の奥さん順子さんが植えた琉球藍が家の裏に生えていたが繁りすぎるので、毎年無造作に刈り取られてきた。三省さんが病気の頃、近所の人が草を刈って小石を敷いてくれたことがあった。三省さんは「あそこは琉球藍がある。」と気がかりな様子だった。全滅したと思った琉球

美しくしたたる星空
それは　美しくしたたる　ここに在る精神であり
単純な幸福である

詩集「親和力」より

藍は、その次の年も小石の間から芽を出し伸びた。今年、沖縄で藍を立てる作業を勉強してきた手塚夫婦が琉球藍を欲しいと言ってきた。今、順子さんが植えた琉球藍が手塚家のポリバケツの中で藍に育っている。順子さんが亡くなって三十年の月日が流れている。

あとがき

『森の時間 海の時間』を出してもらってから七年の年月が流れました。

誰にとっても人生はそのようなものなのでしょうが、私にとっても三省さんの言葉を借りれば不如意のできごとの続く七年でした。その日々の中で私を支えてくれたのは、身近な白川山の人々や遠い親兄弟や子ども達、そして島内外の友人達であったことはもちろんですが、私のからだの奥深い処で生きることとの絶対的な安心を伝えてくれたのは草花や樹木や水や石、鳥や虫達など身の回りの自然でした。それは三省さんがあえて「カミ」とカタカナで綴ったたくさんの「カミ」達でした（カミとはぼく達にとって究極的に美しいもの、善いもの、真実であるものの総称と三省さんは言っています）。その「カミ」達は人間の言葉は話しませんが、その「静かさ」ゆえにいつも私を励ますともなく励まし支えてくれました。

今回まとめていただいた『屋久島だより』はなんとか生きていかなければと四苦八苦しながら過ごした七年間の「カミ」たちに支えられた日々を綴ったものです。

三省さんが二十四年間の屋久島での暮らしの中で紡ぎ出した詩と、どこかで呼応しているものであってほしいと願っています。

三省さんの死から十五年。世界がめまぐるしい速さで変化していく中、私達は言いようのない不安を抱えて生きていかなければならなくなったように思います。不安から目を逸らすことなく、またむやみに不安に煽られることなく、心して不安と向き合っていく忍耐強さを持たねばならないと思っています。

今朝、起き出してみると、家の縁側の窓のところに直径一メートルほどの立派な蜘蛛の巣がかかっていました。体長二・五センチもあるジョロウグモが八本の足を金色に輝かせて巧みに巣を編んでいました。そしてしばらくすると動きを止め、微動だにせず獲物を待ち続けています。

蜘蛛ほどの美しさや静かさ、強さやしなやかさを私達は持ち合わせていないがゆえに、蜘蛛の無駄のない動きに見とれてしまいます。その時深まる安らぎや悦びこそがこれからの混迷を極めていくだろう時代を生きていくことのよすがになると思っています。その一端を本書から感じていただければ幸いです。

三省さん亡き後、十数年にわたって、『屋久島だより』を連載し続けてくださっている雑誌『くだかけ』の和田重良・裕子夫妻を始めとした関係者の方々へ心から感謝を申し上げます。また変わらぬ友情を持ってイラストを描き続けてくれた佐藤佳志子さんに「これからもよろしく」という言葉を添えて深い感謝の気持ちを伝えたいと思います。屋久島の奥深い自然の在り様を伝えてやまない写真家の山下大明さんには写真を提供していただき、お礼申し上げます。そして本書の出版に、すばやい対応をしていただいた無明舎出版の安倍甲さんに深くお礼申し上げます。

二〇一六年　十一月　立冬節に

山尾　春美

カバー写真◉山下大明

略歴

山尾春美　(やまお・はるみ)

1956 年山形県生まれ。
神奈川県の養護学校に 10 年勤務の後、1989 年山尾三省と結婚、鹿児島県屋久島へ移住。三省の死後、特別支援学校訪問教育非常勤講師をしながら、エッセイ等の文筆活動を始める。

山尾三省　(やまお・さんせい)

詩人。1938 年東京神田生まれ。
早稲田大学文学部西洋哲学科中退。
1977 年鹿児島県屋久島に移住し、執筆と農耕の日々を過ごす。
エッセイ集も数多い。2001 年 8 月逝去。

装画

佐藤佳志子　(さとう・かしこ)

1966 年長崎県佐世保市生まれ。
熊本の小学校教員を経て、1997 年家族で鹿児島県屋久島へ移住。
1999 年山尾春美と「屋久の子文庫」を開き、絵本の世界に携わるほか、心理カウンセラーとして学校、病院等に勤務している。

屋久島だより
定価［本体一五〇〇円＋税］

二〇一六年十二月十五日　初版発行

著者　山尾春美
　　　山尾三省
発行者　安倍甲
発行所　㈲無明舎出版
秋田市広面川崎一一二―一
電話／(〇一八)八三二―五六八〇
FAX／(〇一八)八三二―五一三七
印刷・製本　シナノ

ISBN978-4-89544-621-1

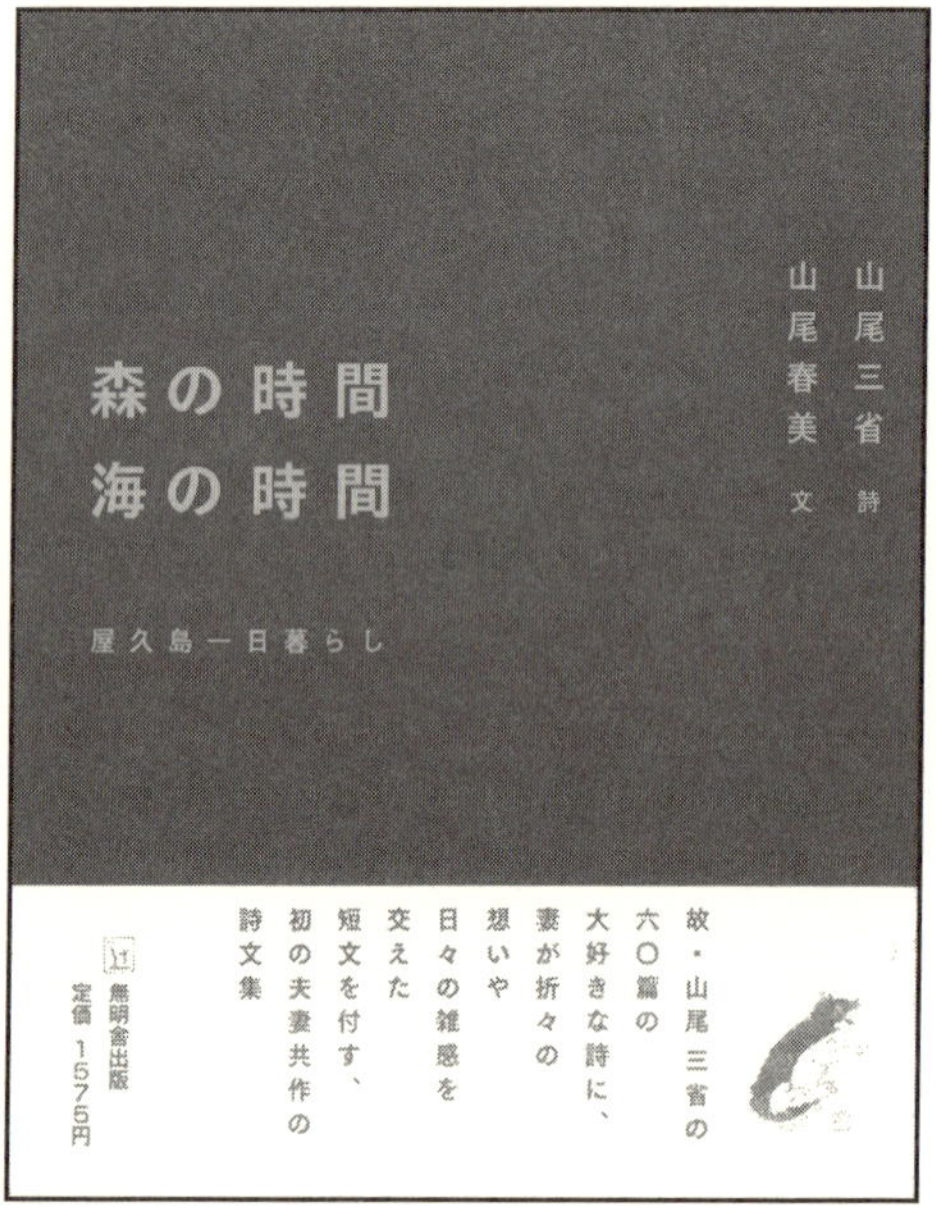

森の時間 海の時間

屋久島一日暮らし

山尾三省　詩
山尾春美　文

A5 判・123 頁
定価［本体 1500 円＋税］
ISBN 978-4-89544-509-2

故・山尾三省の６０篇の大好きな詩に、妻が折々の日々の想い出や雑感を交えた短文を付した初の夫妻共作詩文集。